디지털 디톡스를 위한
암기 두뇌 깨우기

일부러
외우는
옛시조

WG Contents Group 지음

북핀

편안함만 찾으면 뇌 기능은 퇴화한다.
- 일본 고노 임상의학연구소

해마와 전두엽이 오래 자극받아야 쉽게 잊어버리지 않는다.
- 미국 하버드대, 스탠퍼드대 공동 연구팀

기억력은 쓰고 소리 내어 읽는 적극적 행동을 할 때 효율이 가장 높다.
- 캐나다 워털루대학 연구팀

디지털 세상엔 아날로그의 불편함이 없습니다. 빠르고 정확하고 편리합니다. 물리적인 거리와 공간을 초월해 수많은 정보를 실시간으로 공유합니다. 우리의 삶에서 디지털은 선택이 아닌 필수가 되었습니다.

　스마트폰과 같은 각종 디지털 기기가 또 하나의 뇌 역할을 대신하고 있습니다. 종이와 펜을 들어 쓰거나 외웠던 정보도 지금은 굳이 암기하고 기억할 필요가 없습니다.

　하지만 그러한 편리성이 마냥 좋은 것만은 아닙니다. 디지털 기기에 지나치게 의존하여 뇌가 스스로 정보를 기억하는 힘이 줄어들고 뇌 기능이 퇴화하는, 이른바 디지털 치매 증후군Digital Dementia, 디지털 기억상실증Digital Amnesia과 같은 현상을 겪는 사람들이 많아졌습니다.

　젊은 나이임에도 건망증과 기억력 감퇴를 겪는 사람들이 많아지니, 영츠하이머Youngzheimer(젊은young+알츠하이머alzheimer)라는 신조어까지 생겼습니다.

기억력은 훈련이 필요합니다. 평소 의식적으로 뇌를 쓰려는 노력이 필요하죠.

이 책은 '일부러 외우는' 뇌 훈련을 하도록 기획되었습니다. 학창 시절 교과서에서 배웠던 우리의 옛시조는 한국 고유의 정형시이며 3장 6구 총 45자 내외의 형태로 짧으면서도 율격이 있어서 외워서 읊는 맛과 멋이 있습니다. 고려 후기부터 조선 중후반에 이르기까지 〈청구영언〉, 〈해동가요〉, 〈가곡원류〉를 통해 전해진 시조들 중에서 35편을 뽑아서 실었습니다.

무작정 외우기보다 조금씩 단계를 밟아 어느새 시조 전체가 외워질 수 있도록 구성해 암기 장벽을 낮추었습니다. 초성 보고 외우기, 음절 수로 유추하며 외우기, 빈칸 채우기 등 난도를 높여가며 다양한 방법으로 외울 수 있으며 이를 통해 부담 없이 시조 외우기에 도전할 수 있습니다.

물론 전부 외우지 않아도, 순서대로 외우지 않아도 괜찮습니다. 완벽하게 외우지 못하더라도 반복하여 읽고, 외워가는 과정을 통해 잊고 있던 우리의 옛시조를 다시 음미할 수 있는 것만으로도 소중한 기회가 될 것입니다.

디지털 기기는 잠시 내려놓고, 읽고 쓰고 소리 내 말하면서 잠들어 있는 여러분의 암기 두뇌를 깨워보세요!

목차

이 책의 활용법: 손글씨 필사+4단계로 외우기

손글씨 필사 ▶ 시조 전체를 읽고 손으로 써보면서 시조의 구조와 리듬을 익혀보세요.

STEP 01 ▶ **도전할 시조 읽기**
외우기에 도전할 시조의 음률을 느끼며 리듬을 살려 반복해 읽어봅니다.

STEP 02 ▶ **초성 채워가며 외우기**
시조의 일부분을 가리고 초성만 표기하였습니다. 초성 힌트를 토대로 가려진 부분을 채우며 시조를 외웁니다.

STEP 03 ▶ **음절 수 채워가며 외우기**
시조의 일부분을 가리고 동그라미로 음절 수만 표시하였습니다. 음절 수 힌트를 토대로 가려진 부분을 채우며 시조를 외웁니다.

STEP 04 ▶ **시조 전체 외우기**
시조 6구의 첫음절만 표시하였습니다. 첫음절을 힌트 삼아 시조 전체 외우기에 도전해보세요.

풍아의 깊은 뜻을 전하는 이 그 뉘신고
고조를 좋아하나 아는 이 전혀 없네
정성이 하 미망하니 다시 불러 보리라
　　　- 권익륭(조선 후기 시조 작가)의 〈풍아별곡〉 중

시를 짓고 읊는 풍류의 깊은 뜻을 전하는 이가 누구인가?
옛 곡조를 좋아하나 아는 이가 전혀 없구나.
옳은 소리를 담은 노래가 매우 흐릿하니 다시 불러 보자꾸나.

청산은 나를 보고

나옹선사

청산은 나를 보고 말없이 살라하고
창공은 나를 보고 티 없이 살라하네
욕심도 벗어놓고 성냄도 벗어놓고
물같이 바람같이 살다가 가라하네

현대어 풀이

푸른 산은 나에게 조용하게 살아가라 하고
푸른 하늘은 나에게 깨끗하게 살라고 하네.
욕심부리지도 말고 화내지도 말고
물처럼 바람처럼 살다가 떠나라고 하네.

나옹선사 (1262~1342)

고려 말의 명승. 본명은 혜근(慧勤), 법호는 나옹(懶翁)이다. 고려 공민왕의
스승이자, 무학대사의 스승이기도 하다.

청산은 나를 보고

말없이 살라하고

창공은 나를 보고

티 없이 살라하네

욕심도 벗어놓고

성냄도 벗어놓고

물같이 바람같이

살다가 가라하네

4단계로 암기하기

STEP1 리듬을 살리며 시조를 반복해 읽습니다.

청산은 나를 보고 말없이 살라하고

창공은 나를 보고 티 없이 살라하네

욕심도 벗어놓고 성냄도 벗어놓고

물같이 바람같이 살다가 가라하네

STEP2 주어진 초성의 글자를 떠올리며 외웁니다.

청산은 ㄴㄹ 보고 ㅁㅇㅇ 살라하고

창공은 ㄴㄹ 보고 ㅌ ㅇㅇ 살라하네

ㅇㅅ도 벗어놓고 ㅅㄴ도 벗어놓고

ㅁ 같이 ㅂㄹ 같이 살다가 가라하네

○○은 나를 보고 말없이 ○○하고

○○은 나를 보고 티 없이 살라하네

욕심도 ○○○○ 성냄도 ○○○○

물같이 바람같이 ○○○ 가라하네

청		말	
창		티	
욕		성	
물		살	

11

한 손에 막대 잡고

우탁

한 손에 막대 잡고 또 한 손에 가시 쥐고
늙는 길 가시로 막고 오는 백발 막대로 치렸더니
백발이 제 먼저 알고 지름길로 오더라

한 손에는 막대기를 들고, 다른 한 손에는 가시넝쿨을 쥐고
늙어가는 길은 가시넝쿨로 막고, 백발이 찾아오면 막대기로 치려고 했더니
백발이 내 속셈을 알고 먼저 지름길로 찾아오더라.

우탁(1263~1343)

고려 충선왕 때의 학자. 그의 고향 단양에 있는 '사인암'은 그가 임금을 보필하는
벼슬인 '사인'을 지낸 것에서 유래하였다. 위 시조는 그가 말년에 지은 것으로
늙어감을 여유와 유머를 섞어 탄식하여 탄로가(嘆老歌)라고도 불린다.

한 손에 막대 잡고

또 한 손에 가시 쥐고

늙는 길 가시로 막고

오는 백발 막대로 치렸더니

백발이 제 먼저 알고

지름길로 오더라

4단계로 암기하기

STEP1 리듬을 살리며 시조를 반복해 읽습니다.

한 손에 막대 잡고 또 한 손에 가시 쥐고

늙는 길 가시로 막고 오는 백발 막대로 치렸더니

백발이 제 먼저 알고 지름길로 오더라

STEP2 주어진 초성의 글자를 떠올리며 외웁니다.

한 손에 ㅁㄷ 잡고 또 한 손에 ㄱㅅ 쥐고

늙는 길 ㄱㅅ 로 막고 오는 백발 ㅁㄷ 로 치렸더니

ㅂㅂ 이 제 먼저 알고 ㅈㄹㄱ 로 오더라

STEP3 음절 수를 힌트로 빈칸의 내용을 소리 내 말하며 외웁니다.

○ ○○ 막대 잡고 ○ ○ ○○ 가시 쥐고

○○ ○ 가시로 막고 ○○ ○○ 막대로 치렸더니

백발이 ○ ○○ 알고 지름길로 오더라

STEP4 시조 전체 외우기에 도전합니다.

한		또	
늙		오	
백		지	

15

이화에 월백하고

이조년

이화에 월백하고 은한이 삼경인제

일지춘심을 자규야 알랴마는

다정도 병인양하여 잠 못 들어 하노라

현대어 풀이

하얗게 핀 배꽃에 달빛이 환하게 비추고 은하수는 자정을 알리는 한밤인데
배나무 한 가지에 깃든 봄날의 마음을 두견새가 알고 우는 것이겠냐마는
정이 많은 것도 병인 것인지 잠을 이루지 못하네.

이조년 (1269~1343)

고려 후기 충혜왕에 이르기까지 4명의 임금을 모시며 충절을 지킨 학자. 청백리로
유명한 충신이며 시를 잘 지었다. 5형제인데 이름이 특이하게 숫자로 지어져,
첫째부터 이백년, 이천년, 이만년, 이억년, 이조년이다.

이화에 월백하고

　　은한이 삼경인제

일지춘심을

　　자규야 알랴마는

다정도 병인양하여

　　잠 못 들어 하노라

4단계로 암기하기

STEP1 리듬을 살리며 시조를 반복해 읽습니다.

이화에 월백하고 은한이 삼경인제

일지춘심을 자규야 알랴마는

다정도 병인양하여 잠 못 들어 하노라

STEP2 주어진 초성의 글자를 떠올리며 외웁니다.

이화에 ㅇㅂ 하고 은한이 ㅅㄱ 인제

일지춘심을 ㅈㄱ 야 알랴마는

ㄷㅈ 도 병인양하여 ㅈ 못 들어 하노라

○○○ 월백하고 ○○○ 삼경인제

○○○○을 자규야 알랴마는

다정도 ○○○○○○ 잠 못 들어 하노라

이   은

일   자

다   잠

백설이 잦아진 골에

이색

백설이 잦아진 골에 구름이 머흐레라

반가운 매화는 어느 곳에 피었는고

석양에 홀로 서서 갈 곳 몰라 하노라

현대어 풀이

흰 눈(충신)이 녹아 없어진 골짜기(고려)에 구름(이성계 일파)이 잔뜩 끼었구나.
반가운 매화(절개, 지조)는 어디에 피었는가?
석양(기울어 가는 고려 왕조)에 홀로 서 있는 나는 어디로 가야 할지 모르겠구나.

이색 (1328~1396)

고려 후기 문인. 호는 목은이며, 포은 정몽주, 야은 길재와 더불어
'고려삼은'이라고 불린다. 성리학의 대가로 여말선초의 거의 모든 사대부를
키워 낸 인물로 '사대부의 아버지'라고도 일컬어진다.

백설이 잦아진 골에
　　　구름이 머흐레라

반가운 매화는
　　　어느 곳에 피었는고

석양에 홀로 서서
　　　갈 곳 몰라 하노라

4단계로 암기하기

STEP1 리듬을 살리며 시조를 반복해 읽습니다.

백설이 잦아진 골에 구름이 머흐레라

반가운 매화는 어느 곳에 피었는고

석양에 홀로 서서 갈 곳 몰라 하노라

STEP2 주어진 초성의 글자를 떠올리며 외웁니다.

ㅂㅅ 이 잦아진 골에 ㄱㄹ 이 머흐레라

반가운 ㅁㅎ 는 어느 곳에 피었는고

ㅅㅇ 에 홀로 서서 갈 곳 ㅁㄹ 하노라

백설이 ◯◯◯ 골에 구름이 ◯◯◯◯

◯◯◯ 매화는 ◯◯ ◯에 피었는고

석양에 ◯◯ 서서 ◯ ◯ 몰라 하노라

백   구

반   어

석   갈

구름이 무심탄 말이

이존오

구름이 무심탄 말이 아마도 허랑하다

중천에 떠 있어 임의로 다니면서

구태여 광명한 날빛을 따라가며 덮나니

구름(간신)이 아무 사심이 없다는 말은 아마도 허무맹랑한 거짓말이다.

하늘 높이 떠서 제 마음대로 다니면서

굳이 밝은 햇빛(임금)을 따라가며 가리지 않는가.

이존오 (1341~1371)

고려 말기의 문인, 성리학자. 공민왕 때 임금의 과실에 대해 간언하는 직책인 우정언(右正言)에 임명되어, 신돈의 횡포를 비판하는 상소를 하였지만, 오히려 공민왕의 노여움을 사서 극형에 처할 뻔하였다. 다행히 이색의 변호로 극형은 면하고 좌천되었다. 이후 고향에서 울분 속에서 지내다가 울화병으로 죽었다.

구름이 무심탄 말이

아마도 허랑하다

중천에 떠 있어

임의로 다니면서

구태여 광명한 날빛을

따라가며 덮나니

4단계로 암기하기

STEP1 리듬을 살리며 시조를 반복해 읽습니다.

구름이 무심탄 말이 아마도 허랑하다

중천에 떠 있어 임의로 다니면서

구태여 광명한 날빛을 따라가며 덮나니

STEP2 주어진 초성의 글자를 떠올리며 외웁니다.

ㄱㄹ 이 무심탄 말이 ㅇㅁㄷ 허랑하다

ㅈㅊ 에 떠 있어 ㅇㅇㄹ 다니면서

구태여 ㄱㅁㅎ ㄴㅂ 을 따라가며 덮나니

구름이 ○○○ ○○ 아마도 허랑하다
중천에 ○ ○○ 임의로 ○○○○
○○○ 광명한 날빛을 ○○○○ 덮나니

구   아
중   임
구   따

내 가슴 구멍 뚫어
변안열

내 가슴 구멍 뚫어 동아줄로 길게 꿰어

앞뒤로 끌고 당겨 이 한 몸 가루가 된들

임 향한 이 굳은 뜻을 내 뉘라고 굽히랴

내 가슴에 큰 구멍을 뚫고 굵고 튼튼하게 꼰 줄을 길게 넣어서
너희가 앞뒤로 끌고 당기며 내 몸을 가루로 만들더라도
임(고려, 임금)을 향한 나의 굳은 뜻은 굽혀질 일이 절대 없다.

변안열 (1334~1390)

고려 말기의 무신. 이성계와 위화도 회군에는 함께하였지만, 이후 이성계의
야심이 커지는 것을 보고 견제를 한다. 이방원의 하여가에 정몽주가
단심가(丹心歌)로 답했을 때, 그 역시 위의 시조로 답했으며 불굴가(不屈歌)로
불린다. 이후 이성계의 권력 찬탈에 반발하다가 역모죄로 사형당한다.

내 가슴 구멍 뚫어

동아줄로 길게 꿰어

앞뒤로 끌고 당겨

이 한 몸 가루가 된들

임 향한 이 굳은 뜻을

내 뉘라고 굽히랴

29

4단계로 암기하기

내 가슴 구멍 뚫어 동아줄로 길게 꿰어

앞뒤로 끌고 당겨 이 한 몸 가루가 된들

임 향한 이 굳은 뜻을 내 뉘라고 굽히랴

내 가슴 ㄱㅁ 뚫어 ㄷㅇㅈ로 길게 꿰어

ㅇㄷㄹ 끌고 당겨 이 한 몸 ㄱㄹ가 된들

임 향한 이 ㄱㅇ ㄸㅇ 내 뉘라고 굽히랴

○ ○○ 구멍 뚫어 동아줄로 ○○ ○○

앞뒤로 ○○ 당겨 ○ ○○ 가루가 된들

○ ○○ 이 굳은 뜻을 내 뉘라고 ○○○

내		동	
앞		이	
임		내	

31

이 몸이 죽고 죽어

정몽주

이 몸이 죽고 죽어 일백 번 고쳐 죽어

백골이 진토 되어 넋이라도 있고 없고

임 향한 일편단심이야 가실 줄이 있으랴

현대어 풀이

내가 죽고 다시 살아나서 또 죽기를 수백 번을 반복하고
내 뼈가 썩어 흙과 먼지가 되고 영혼도 세상에 있든 없든 간에
임(고려, 임금)만을 향한 나의 충성된 마음이 변할 리가 있겠는가.

정몽주 (1338~1392)

고려 말기의 학자이자 관료. 호는 포은으로 고려삼은 중 한 명이다. 이방원의
지시로 선죽교에서 암살당한 고려의 마지막 충신. 명운이 다해가는 고려왕조를
끝까지 지키려 한 시조 단심가(丹心歌)로 오늘날 충신의 대명사로 회자되고 있다.

이 몸이 죽고 죽어

일백 번 고쳐 죽어

백골이 진토 되어

넋이라도 있고 없고

임 향한 일편단심이야

가실 줄이 있으랴

4단계로 암기하기

STEP1 리듬을 살리며 시조를 반복해 읽습니다.

이 몸이 죽고 죽어 일백 번 고쳐 죽어

백골이 진토 되어 넋이라도 있고 없고

임 향한 일편난심이야 가실 줄이 있으랴

STEP2 주어진 초성의 글자를 떠올리며 외웁니다.

이 몸이 ㅈㄱ 죽어 ㅇㅂ ㅂ 고쳐 죽어

ㅂㄱ이 진토 되어 ㄴㅇㄹㄷ 있고 없고

임 향한 ㅇㅍㄷㅅ 이야 가실 줄이 있으랴

◯ ◯◯ 죽고 죽어 일백 번 ◯◯ 죽어

백골이 ◯◯ ◯◯ 넋이라도 ◯◯ 없고

◯ ◯◯ 일편단심이야 ◯◯ ◯◯ 있으랴

이		일	
백		넋	
임		가	

오백 년 도읍지를

길재

오백 년 도읍지를 필마로 돌아드니
산천은 의구한데 인걸은 간 데 없네
어즈버 태평연월이 꿈이런가 하노라

현대어 풀이

오백 년 역사의 고려의 옛 수도인 송도(도읍지)를 한 필의 말을 타고 돌아보니
자연은 여전히 그대로인데 사람은 흔적이 없구나.
아아, 평화롭던 시절이 꿈이었구나 싶다.

길재 (1353~1419)

여말선초의 학자. 호는 야은으로 고려삼은 중 한 명이다. 고려를 그리워하며
조선에 협력하지 않았다. 가난한 형편에도 조선에서 주는 벼슬을 모두 거부하여
청렴결백한 인품과 충절을 지킨 인물로 널리 알려졌다.

오백 년 도읍지를

필마로 돌아드니

산천은 의구한데

인걸은 간 데 없네

어즈버 태평연월이

꿈이런가 하노라

4단계로 암기하기

STEP1 리듬을 살리며 시조를 반복해 읽습니다.

오백 년 도읍지를 필마로 돌아드니
산천은 의구한데 인걸은 간 데 없네
어즈버 태평연월이 꿈이런가 하노라

STEP2 주어진 초성의 글자를 떠올리며 외웁니다.

ㅇㅂㄴ 도읍지를 ㅍㅁ로 돌아드니
ㅅㅊ은 의구한데 ㅇㄱ은 간 데 없네
어즈버 ㅌㅍㅇㅇ이 꿈이런가 하노라

오백 년 ○○○를 필마로 돌아드니

산천은 ○○○○ 인걸은 ○○ 없네

○○○ 태평연월이 ○○○○ 하노라

오 　　　　　　　　　필

산 　　　　　　　　　인

어 　　　　　　　　　꿈

까마귀 싸우는 골에

작자 미상

까마귀 싸우는 골에 백로야 가지 마라

성난 까마귀 흰 빛을 새오나니

청강에 좋이 씻은 몸을 더럽힐까 하노라

현대어 풀이

까마귀들(간신, 변절자)이 싸우는 골짜기에 백로(충신)야 가지 말아라.
성난 까마귀들이 너의 하얀 빛을 시샘할 터이니
맑은 강물에 깨끗하게 씻은 네 몸이 더러워질까 걱정되는구나.

작자 미상 (고려말 추정)

위 시조는 '백로가'로 불리며 정몽주의 어머니가 아들에게 당부하며 지었다는
설이 있다.

까마귀 싸우는 골에

백로야 가지 마라

성난 까마귀

흰 빛을 새오나니

청강에 좋이 씻은 몸을

더럽힐까 하노라

4단계로 암기하기

STEP1 리듬을 살리며 시조를 반복해 읽습니다.

까마귀 싸우는 골에 백로야 가지 마라

성난 까마귀 흰 빛을 새오나니

청강에 좋이 씻은 몸을 더럽힐까 하노라

STEP2 주어진 초성의 글자를 떠올리며 외웁니다.

ㄲㅁㄱ 싸우는 골에 ㅂㄹ 야 가지 마라

성난 ㄲㅁㄱ 흰 빛을 새오나니

ㅊㄱ 에 좋이 ㅆㅇ 몸을 더럽힐까 하노라

까마귀 ○○○ ○에 백로야 가지 마라

○○ 까마귀 ○ ○을 새오나니

청강에 ○○ 씻은 몸을 ○○○○ 하노라

까　　　　　　　　　백

성　　　　　　　　　흰

청　　　　　　　　　더

까마귀 검다 하고

이직

까마귀 검다 하고 백로야 웃지 마라

겉이 검은들 속조차 검을쏘냐

겉 희고 속 검은 이는 너뿐인가 하노라

현대어 풀이

까마귀(조선 건국에 참여한 고려 신하)의 색이 검다고 백로(고려 유신)야 비웃
지 말아라.

겉의 색깔이 검다고 해서 속마음(양심)도 검겠느냐.

겉은 희지만, 오히려 속마음이 검은 것은 네가 아니더냐.

이직 (1362~1431)

여말선초의 관료이자 조선의 개국공신. 고려 말기의 유명한 권문세족 출신으로
증조부가 이조년이다. 세종대왕 때엔 영의정까지 지냈다.

까마귀 검다 하고

　　　　백로야 웃지 마라

겉이 검은들

　　　　속조차 검을쏘냐

겉 희고 속 검은 이는

　　　　너뿐인가 하노라

4단계로 암기하기

STEP1 리듬을 살리며 시조를 반복해 읽습니다.

까마귀 검다 하고 백로야 웃지 마라

겉이 검은들 속조차 검을쏘냐

겉 희고 속 검은 이는 너뿐인가 하노라

STEP2 주어진 초성의 글자를 떠올리며 외웁니다.

ㄲㅁㄱ 검다 하고 ㅂㄹ 야 웃지 마라

ㄱ이 검은들 ㅅ조차 검을쏘냐

겉 ㅎㄱ 속 ㄱㅇ 이는 너뿐인가 하노라

까마귀 ○○ 하고 백로야 ○○ 마라

겉이 ○○○ 속조차 ○○○○

○ 희고 ○ 검은 이는 ○○○○ 하노라

까   백

겉   속

겉   너

47

이런들 어떠하며

이방원

이런들 어떠하며 저런들 어떠하리

만수산 드렁칡이 얽어진들 어떠하리

우리도 이같이 얽어져 백 년까지 누리리라

현대어 풀이

이러면 어떻고 또 저러면 어떻습니까?

만수산의 바위와 나무를 타고 오르며 꼬인 칡덩굴처럼 얽히면 또 어떻습니까?

곧게 뻗지 말고 곡선으로 서로 얽혀서 오래도록 함께해 나가시지요.

이방원 (1367~1422)

조선 제3대 국왕. 묘호는 태종. 이성계의 5남으로 태어나 조선 건국에 큰 역할을 했으며, 왕자의 난을 일으켜 권력을 장악하고 즉위하였다. 위 시조는 고려의 충신들을 회유하면서 지은 하여가(何如歌)이다.

이런들 어떠하며

저런들 어떠하리

만수산 드렁칡이

얽어진들 어떠하리

우리도 이같이 얽어져

백 년까지 누리리라

4단계로 암기하기

STEP1 리듬을 살리며 시조를 반복해 읽습니다.

이런들 어떠하며 저런들 어떠하리

만수산 드렁칡이 얽어진들 어떠하리

우리도 이같이 얽어저 백 년까지 누리리라

STEP2 주어진 초성의 글자를 떠올리며 외웁니다.

ㅇㄹㄷ 어떠하며 ㅈㄹㄷ 어떠하리

ㅁㅅㅅ 드렁칡이 얽어진들 어떠하리

우리도 ㅇㄱㅇ 얽어져 ㅂㄴ까지 누리리라

이런들 ○○○○ 저런들 ○○○○

만수산 ○○○○ 얽어진들 ○○○○

○○○ 이같이 ○○○ 백 년까지 누리리라

이		저	
만		얽	
우		백	

삭풍은 나무 끝에 불고

김종서

삭풍은 나무 끝에 불고 명월은 눈 속에 찬데

만리변성에 일장검 짚고 서서

긴 파람 큰 한소리에 거칠 것이 없어라

현대어 풀이

겨울 북쪽 찬 바람은 나뭇가지를 흔들고 밝은 달은 눈 속에서 차갑게 빛나는데
만 리 밖 국경의 성에 긴 칼을 들고 서서
길게 휘파람 불고 크게 소리 지르니 두려워할 것이 없구나.

김종서 (1383~1453)
조선 초기 문관이자 군인. 세종 때 북방 6진을 개척함. 단종 때 좌의정에 올랐으나
계유정난으로 인해 수양대군에게 죽임을 당했다.

삭풍은 나무 끝에 불고

명월은 눈 속에 찬데

만리변성에

일장검 짚고 서서

긴 파람 큰 한소리에

거칠 것이 없어라

삭풍은 나무 끝에 불고 명월은 눈 속에 찬데

만리변성에 일장검 짚고 서서

긴 파람 큰 한소리에 거칠 것이 없어라

STEP2 주어진 초성의 글자를 떠올리며 외웁니다.

ㅅㅍ 은 나무 끝에 불고 ㅁㅇ 은 눈 속에 찬데

ㅁㄹㅂㅅ 에 일장검 짚고 서서

긴 파람 큰 ㅎㅅㄹ 에 거칠 것이 없어라

삭풍은 ○○ ○○ 불고 명월은 ○ ○○ 찬데

만리변성에 ○○○ 짚고 ○○

○ ○○ 큰 한소리에 ○○ ○○ 없어라

삭		명	
만		일	
긴		거	

이 몸이 죽어 가서

성삼문

이 몸이 죽어 가서 무엇이 될고 하니

봉래산 제일봉에 낙락장송 되었다가

백설이 만건곤할 제 독야청청하리라

내가 죽어서 무엇이 될 것인가 생각해 보니

봉래산 제일 높은 봉우리에 우뚝 솟은 키 큰 소나무가 되어있다가

흰 눈이 온 세상에 가득할 때 홀로 푸르게 빛나겠노라.

성삼문 (1418~1456)

조선의 학자. 세종이 총애한 신하였으며 단종의 복위를 애쓰다가 생을 마감한
사육신 중 한 명이다.

이 몸이 죽어 가서

무엇이 될고 하니

봉래산 제일봉에

낙락장송 되었다가

백설이 만건곤할 제

독야청청하리라

4단계로 암기하기

STEP1 리듬을 살리며 시조를 반복해 읽습니다.

이 몸이 죽어 가서 무엇이 될고 하니
봉래산 제일봉에 낙락장송 되었다가
백설이 만건곤할 제 독야청청하리라

STEP2 주어진 초성의 글자를 떠올리며 외웁니다.

이 몸이 ㅈㅇ 가서 ㅁㅇㅇ 될고 하니
ㅂㄹㅅ 제일봉에 ㄴㄹㅈㅅ 되었다가
ㅂㅅ이 만건곤할 제 ㄷㅇㅊㅊ 하리라

STEP3 음절 수를 힌트로 빈칸의 내용을 소리 내 말하며 외웁니다.

◯ ◯◯ 죽어 가서 무엇이 ◯◯ 하니

봉래산 ◯◯◯◯ 낙락장송 되었다가

백설이 ◯◯◯◯ ◯ 독야청청하리라

STEP4 시조 전체 외우기에 도전합니다.

이   무

봉   낙

백   독

장검을 빼어 들고
남이

장검을 빼어 들고 백두산에 올라보니

대명 천지에 성진이 잠겨세라

언제나 남북 풍진을 헤쳐 볼꼬 하노라

현대어 풀이

긴 칼을 빼어 들고 백두산에 올라가 바라보니
환하게 밝고 넓은 세상에 비린내 나는 먼지가 자욱하구나.
언젠가 남북의 오랑캐들(왜구, 여진족)이 일으키는 전쟁을 평정해 볼까 하노라.

남이 (1441~1468)
조선 세조 때 무관. 뛰어난 무예로 여진족 토벌에 큰 전공을 세워 최연소로
병조판서에 올랐으나 예종 때 역모의 모함을 당해 처형되었다.

장검을 빼어 들고

　　　백두산에 올라보니

대명 천지에

　　　성진이 잠겨세라

언제나 남북 풍진을

　　　헤쳐 볼꼬 하노라

4단계로 암기하기

STEP1 리듬을 살리며 시조를 반복해 읽습니다.

장검을 빼어 들고 백두산에 올라보니

대명 천지에 성진이 잠겨세라

언제나 남북 풍진을 헤쳐 볼꼬 하노라

STEP2 주어진 초성의 글자를 떠올리며 외웁니다.

ㅈㄱ을 빼어 들고 ㅂㄷㅅ에 올라보니

ㄷㅁ ㅊㅈ에 성진이 잠겨세라

언제나 ㄴㅂ ㅍㅈ을 헤쳐 볼꼬 하노라

장검을 ○○ 들고 백두산에 ○○○○○

대명 천지에 ○○○ 잠겨세라

○○○ 남북 풍진을 ○○ 볼꼬 하노라

장		백	
대		성	
언		혜	

청산은 어찌하여

이황

청산은 어찌하여 만고에 푸르르며
유수는 어찌하여 주야에 긋지 아니는고
우리도 그치지 말고 만고상청 하리라

현대어 풀이

푸른 산은 왜 오랜 세월에도 푸르고
흐르는 물은 왜 밤낮으로 그치지 않고 흐르는 것인가?
우리도 저 푸른 산과 흐르는 물처럼 오랜 세월이 지나도 변함없이 푸르게(자
기 수양) 살리라.

이황 (1501~1570)

조선의 유학자이자 대학자. 호는 퇴계. 대한민국 천 원권 지폐의 인물이다.

청산은 어찌하여

　　　만고에 푸르르며

유수는 어찌하여

　　　주야에 긋지 아니는고

우리도 그치지 말고

　　　만고상청 하리라

4단계로 암기하기

STEP1 리듬을 살리며 시조를 반복해 읽습니다.

청산은 어찌하여 만고에 푸르르며

유수는 어찌하여 주야에 긋지 아니는고

우리도 그치지 말고 만고상청 하리라

STEP2 주어진 초성의 글자를 떠올리며 외웁니다.

ㅊㅅ은 어찌하여 ㅁㄱ에 푸르르며

ㅇㅅ는 어찌하여 ㅈㅇ에 긋지 아니는고

우리도 ㄱㅊㅈ 말고 만고상청 하리라

청산은 ○○○○ 만고에 ○○○○

유수는 ○○○○○ 주야에 ○○ 아니는고

○○○ 그치지 말고 ○○○○ 하리라

청 _____ 만 _____

유 _____ 주 _____

우 _____ 만 _____

마음이 어린 후이니

서경덕

마음이 어린 후이니 하는 일이 다 어리다
만중운산에 어느 님 오리마는
지는 잎 부는 바람에 행여 그인가 하노라

현대어 풀이

마음이 어리석으니 하는 일이 모두 어리석구나.
구름이 겹겹이 낀 깊은 산중에 임(황진이)이 어찌 찾아오시겠냐마는
떨어지는 잎과 부는 바람 소리에도 행여나 임이신가 하는구나.

서경덕 (1489~1546)

조선의 유학자. 호는 화담. 박연폭포, 황진이와 함께 송도삼절(개성의 빼어난 세
가지)로 유명하다.

마음이 어린 후이니

하는 일이 다 어리다

만중운산에

어느 님 오리마는

지는 잎 부는 바람에

혹여 그인가 하노라

4단계로 암기하기

STEP1 리듬을 살리며 시조를 반복해 읽습니다.

마음이 어린 후이니 하는 일이 다 어리다
만중운산에 어느 님 오리마는
지는 잎 부는 바람에 행여 그인가 하노라

STEP2 주어진 초성의 글자를 떠올리며 외웁니다.

ㅁㅇ이 어린 후이니 ㅎㄴㅇ이 다 어리다
ㅁㅈㅇㅅ에 어느 님 오리마는
지는 ㅇ 부는 ㅂㄹ에 행여 그인가 하노라

마음이 ○○ ○○○ 하는 일이 다 ○○○

만중운산에 ○○ ○ 오리마는

○○ 잎 ○○ 바람에 행여 ○○○ 하노라

마		하	
만		어	
지		행	

어져 내 일이야

황진이

어져 내 일이야 그릴 줄을 모르더냐

있으라 하더면 가랴마는 제 구태여

보내고 그리는 정은 나도 몰라 하노라

현대어 풀이

아! 내가 벌인 일이여, 그리워할 줄을 몰랐더냐.
있으라고 했더라면 임이 떠났겠냐마는 내가 굳이,
보내놓고 이제 와서 그리워하는 마음은 나도 모르겠구나.

황진이 (1506~1567 추정)
조선의 기생이자 시인. 조선 최고의 여류 시인으로 박연폭포, 서경덕과 함께
송도삼절로 불렸다.

어져 내 일이야

그릴 줄을 모르더냐

있으라 하더면 가랴마는

제 구태여

보내고 그리는 정은

나도 몰라 하노라

4단계로 암기하기

STEP1 리듬을 살리며 시조를 반복해 읽습니다.

어져 내 일이야 그릴 줄을 모르더냐

있으라 하더면 가랴마는 제 구태여

보내고 그리는 정은 나도 몰라 하노라

STEP2 주어진 초성의 글자를 떠올리며 외웁니다.

ㅇㅈ 내 일이야 ㄱㄹ 줄을 모르더냐

ㅇㅇㄹ 하더면 ㄱㄹㅁㄴ 제 구태여

ㅂㄴㄱ 그리는 ㅈㅇ 나도 몰라 하노라

어져 ○○ ○○○ 그릴 줄을 ○○○○

있으라 ○○○ 가랴마는 제 구태여

보내고 ○○○ 정은 나도 ○○ 하노라

어 ⬜⬜⬜⬜⬜⬜ 그 ⬜⬜⬜⬜⬜⬜

있 ⬜⬜⬜⬜⬜⬜ 제 ⬜⬜⬜⬜⬜⬜

보 ⬜⬜⬜⬜⬜⬜ 나 ⬜⬜⬜⬜⬜⬜

청산리 벽계수야

황진이

청산리 벽계수야 수이 감을 자랑 마라

일도창해하면 돌아오기 어려우니

명월이 만공산하니 쉬어간들 어떠리

현대어 풀이

푸른 산에 흐르는 푸른 계곡물아, 쉽게 흘러간다고 자랑하지 말거라.
한번 넓은 바다로 흘러 들어가면 다시 돌아오기는 어려울 것이니
밝은 달이 텅 빈 산을 가득 비추고 있는 지금은 잠시 쉬어 가는 게 어떻겠느냐.

황진이 (1506~1567 추정)

조선의 기생이자 시인. 조선 최고의 여류 시인으로 박연폭포, 서경덕과 함께
송도삼절로 불렸다.

청산리 벽계수야

　　수이 감을 자랑 마라

일도창해하면

　　돌아오기 어려우니

명월이 만공산하니

　　쉬어간들 어떠리

4단계로 암기하기

STEP1 리듬을 살리며 시조를 반복해 읽습니다.

청산리 벽계수야 수이 감을 자랑 마라

일도창해하면 돌아오기 어려우니

명월이 만공산하니 쉬어간들 어떠리

STEP2 주어진 초성의 글자를 떠올리며 외웁니다.

ㅊㅅㄹ 벽계수야 ㅅㅇ 감을 자랑 마라

ㅇㄷㅊㅎ 하면 돌아오기 어려우니

ㅁㅇ이 만공산하니 ㅅㅇㄱㄷ 어떠리

청산리 ○○○○ 수이 감을 ○○ ○○

일도창해하면 ○○○○ 어려우니

명월이 ○○○하니 쉬어간들 ○○○

청   수

일   돌

명   쉬

동짓달 기나긴 밤을

황진이

동짓달 기나긴 밤을 한 허리를 베어내어

춘풍 이불 아래 서리서리 넣었다가

어론 님 오신 날 밤이여든 굽이굽이 펴리라

현대어 풀이

음력 11월의 가장 긴 밤의 한가운데를 잘라내어서
봄바람처럼 따뜻한 이불 아래에 차곡차곡 개어 넣어두었다가
사랑하는 임이 오시는 날 밤이 되면 차근차근 펴리라.

황진이 (1506~1567 추정)

조선의 기생이자 시인. 조선 최고의 여류 시인으로 박연폭포, 서경덕과 함께
송도삼절로 불렸다.

동짓달 기나긴 밤을

한 허리를 베어내어

춘풍 이불 아래

서리서리 넣었다가

어론 님 오신 날 밤이여든

굽이굽이 펴리라

4단계로 암기하기

리듬을 살리며 시조를 반복해 읽습니다.

동짓달 기나긴 밤을 한 허리를 베어내어

춘풍 이불 아래 서리서리 넣었다가

어론 님 오신 날 밤이여든 굽이굽이 펴리라

주어진 초성의 글자를 떠올리며 외웁니다.

ㄷㅈㄷ 기나긴 밤을 ㅎ ㅎㄹ 를 베어내어

ㅊㅍ ㅇㅂ 아래 서리서리 넣었다가

어론 님 ㅇㅅㄴ 밤이여든 굽이굽이 펴리라

동짓달 ○○○ ○○ 한 허리를 ○○○○

춘풍 이불 아래 ○○○○ 넣었다가

○○ ○ 오신 날 밤이여든 ○○○○ 펴리라

동		한	
춘		서	
어		굽	

산은 옛 산이로되

황진이

산은 옛 산이로되 물은 옛 물이 아니로다

주야에 흐르거든 옛 물이 있을쏘냐

인걸도 물과 같도다. 가고 아니 오노매라

현대어 풀이

산은 세월이 흘러도 그대로 옛날 산이지만 물은 옛날 물이 아니다.
밤낮으로 흐르는데 옛 물이 있겠는가.
사람도 물과 같구나. 떠나가면 돌아오지 않으니.

황진이 (1506~1567 추정)

조선의 기생이자 시인. 조선 최고의 여류 시인으로 박연폭포, 서경덕과 함께
송도삼절로 불렀다.

산은 옛 산이로되

물은 옛 물이 아니로다

주야에 흐르거든

옛 물이 있을쏘냐

인걸도 물과 같도다.

가고 아니 오노매라

4단계로 암기하기

STEP1 리듬을 살리며 시조를 반복해 읽습니다.

산은 옛 산이로되 물은 옛 물이 아니로다

주야에 흐르거든 옛 물이 있을쏘냐

인걸도 물과 같도다. 가고 아니 오노매라

STEP2 주어진 초성의 글자를 떠올리며 외웁니다.

산은 ㅇ ㅅ 이로되 물은 ㅇ ㅁ 이 아니로다

ㅈ ㅇ ㅇ 흐르거든 ㅇ ㅁ 이 있을쏘냐

ㅇ ㄱ 도 물과 같도다. 가고 ㅇ ㄴ 오노매라

○○ 옛 산이로되 ○○ 옛 물이 아니로다

주야에 ○○○○ 옛 물이 있을쏘냐

인걸도 ○○ 같도다. ○○ 아니 오노매라

산

물

주

옛

인

가

묏버들 가려 꺾어

홍랑

묏버들 가려 꺾어 보내노라 님에게

주무시는 창밖에 심어두고 보소서

밤비에 새잎이 나거든 나인가도 여기소서

현대어 풀이

산버들 가지를 골라 꺾어서 임에게 보냅니다.
주무시는 창문 밖에 심어두고 보세요.
밤비에 새잎이 난다면 나인가 하고 여겨주세요.

홍랑 (생몰 미상)

조선 선조 때의 기생이자 시인. 함경도 홍원현 현감이었던 최경창을 사모해 그가
큰 병을 얻었을 때는 지극정성으로 간호하고 세상을 뜬 후엔 3년간 묘를 지켰다.
홍랑이 죽자 최씨 가문에선 최경창의 무덤 아래에 그녀의 무덤을 만들고 시비를
세워주었다.

묏버들 가려 꺾어

보내노라 님에게

주무시는 창밖에

심어두고 보소서

밤비에 새잎이 나거든

나인가도 여기소서

4단계로 암기하기

STEP1 리듬을 살리며 시조를 반복해 읽습니다.

묏버들 가려 꺾어 보내노라 님에게
주무시는 창밖에 심어두고 보소서
밤비에 새잎이 나거든 나인가도 여기소서

STEP2 주어진 초성의 글자를 떠올리며 외웁니다.

ㅁㅂㄷ 가려 꺾어 ㅂㄴㄴㄹ 님에게
주무시는 ㅊㅂㅇ 심어두고 보소서
ㅂㅂ에 새잎이 나거든 ㄴㅇㄱㄷ 여기소서

묏버들 ○○ ○○ 보내노라 님에게

○○○○ 창밖에 ○○○○○ 보소서

밤비에 ○○○ 나거든 나인가도 ○○○○

묏 　　　　　　　보

주 　　　　　　　심

밤 　　　　　　　나

꿈에 뵈는 님이

명옥

꿈에 뵈는 님이 신의 없다 하건마는
탐탐이 그리울 제 꿈 아니면 어이 보리
저 님아 꿈이라 말고 자로자로 뵈시소

현대어 풀이

꿈에서 만나는 임은 꿈인 까닭에 믿음도 의리도 없다고 하지만
못 견디게 그리울 때 꿈에서가 아니면 어떻게 보겠습니까?
그리운 임이시여, 꿈에라도 좋으니 자주자주 보이소서.

명옥 (생몰 미상)
조선의 기생이자 시인. 경기도 화성의 기녀였다고 전해진다.

꿈에 뵈는 님이

　신의 없다 하건마는

탐탐이 그리울 제

　꿈 아니면 어이 보리

저 님아 꿈이라 말고

　자로자로 뵈시소

4단계로 암기하기

꿈에 뵈는 님이 신의 없다 하건마는

탐탐이 그리울 제 꿈 아니면 어이 보리

저 님아 꿈이라 말고 자로자로 뵈시소

꿈에 ㅂㄴ 님이 ㅅㅇ 없다 하건마는

ㅌㅌㅇ 그리울 제 꿈 ㅇㄴㅁ 어이 보리

저 님아 ㄲㅇㄹ 말고 ㅈㄹㅈㄹ 뵈시소

◯◯ 뵈는 님이 신의 ◯◯ 하건마는

탐탐이 ◯◯◯ ◯ 꿈 아니면 어이 보리

◯ ◯◯ 꿈이라 ◯◯ 자로자로 뵈시소

꿈

탐

저

신

꿈

자

어버이 살아실 제

정철

어버이 살아실 제 섬기기를 다 하여라
지나간 후면 애닯다 어이 하리
평생에 고쳐 못할 일이 이뿐인가 하노라

현대어 풀이

부모님께서 살아계시는 동안에 정성을 다해 잘 모셔라.
세상을 떠나 없으신 후에는 아무리 가슴치고 슬퍼해도 어찌하겠는가?
평생을 살면서 다시 돌리지 못할 일이니, 나중에 후회하지 말고 효도를 다 하라.

정철 (1537~1594)

조선의 정치인이자 시인. 호는 송강. 위 시조는 백성을 교화하는 내용으로 지은
훈민가(訓民歌, 전체 16수의 연시조) 중 제4수인 자효(子孝)이다.

어버이 살아실 제

섬기기를 다 하여라

지나간 후면

애닯다 어이 하리

평생에 고쳐 못할 일이

이뿐인가 하노라

4단계로 암기하기

STEP1 리듬을 살리며 시조를 반복해 읽습니다.

어버이 살아실 제 섬기기를 다 하여라

지나간 후면 애닮다 어이 하리

평생에 고쳐 못할 일이 이뿐인가 하노라

STEP2 주어진 초성의 글자를 떠올리며 외웁니다.

ㅇㅂㅇ 살아실 제 ㅅㄱㄱㄹ 다 하여라

지나간 후면 ㅇㄷㄷ 어이 하리

ㅍㅅㅇ 고쳐 못할 일이 ㅇㅃㅇㄱ 하노라

어버이 ◯◯◯ ◯ 섬기기를 다 하여라

◯◯◯ 후면 애닯다 ◯◯ 하리

평생에 ◯◯ ◯◯ 일이 이뿐인가 하노라

어   섬

지   애

평   이

내 마음 베어내어

정철

내 마음 베어내어 저 달을 맹글고저
구만리 장천에 번듯이 걸려 있어
고운 님 계신 곳에 가 비추어나 보리라

현대어 풀이

내 마음을 베어내어서 밤하늘의 저 달을 만들고 싶구나.
아득하게 멀리 떨어져 있는 하늘에도 걸려서
고운 임(임금) 계신 곳을 비추면 내 마음을 알아보시겠지.

정철 (1537~1594)

조선의 정치인이자 시인. 호는 송강.

내 마음 베어내어

저 달을 맹글고저

구만리 장천에

번듯이 걸려 있어

고운 님 계신 곳에 가

비추어나 보리라

4단계로 암기하기

STEP1 리듬을 살리며 시조를 반복해 읽습니다.

내 마음 베어내어 저 달을 맹글고저
구만리 장천에 번듯이 걸려 있어
고운 님 계신 곳에 가 비추어나 보리라

STEP2 주어진 초성의 글자를 떠올리며 외웁니다.

ㄴ ㅁ ㅇ 베어내어 ㅈ ㄷ ㅇ 맹글고저

ㄱ ㅁ ㄹ 장천에 ㅂ ㄷ ㅇ 걸려 있어

ㄱ ㅇ ㄴ 계신 곳에 가 ㅂ ㅊ ㅇ ㄴ 보리라

내 마음 ○○○○ 저 달을 ○○○○

구만리 ○○○ 번듯이 ○○ 있어

고운 님 ○○ ○○ 가 비추어나 보리라

내   저

구   번

고   비

태산이 높다 하되

양사언

태산이 높다 하되 하늘 아래 뫼이로다
오르고 또 오르면 못 오를 리 없건마는
사람이 제 아니 오르고 뫼만 높다 하더라

현대어 풀이

태산이 아무리 높다고 해도 하늘 아래에 있는 산일 뿐이다.
계속해서 오르려고 노력하면 못 올라갈 이유가 없을 것인데
자기 스스로 오르지는 않으면서 산이 높다고만 말하는구나.

양사언 (1517~1584)

조선의 문장가이자 서예가. 서예와 시문으로 당대에 이름을 떨쳤다.

태산이 높다 하되
하늘 아래 뫼이로다

오르고 또 오르면
못 오를 리 없건마는

사람이 제 아니 오르고
뫼만 높다 하더라

4단계로 암기하기

STEP1 리듬을 살리며 시조를 반복해 읽습니다.

태산이 높다 하되 하늘 아래 뫼이로다

오르고 또 오르면 못 오를 리 없건마는

사람이 제 아니 오르고 뫼만 높다 하더라

STEP2 주어진 초성의 글자를 떠올리며 외웁니다.

ㅌㅅ이 높다 하되 ㅎㄴ 아래 뫼이로다

오르고 ㄸ ㅇㄹㅁ 못 오를 리 없건마는

ㅅㄹㅇ 제 아니 오르고 ㅁㅁ 높다 하더라

STEP3 음절 수를 힌트로 빈칸의 내용을 소리 내 말하며 외웁니다.

태산이 ○○ ○○ 하늘 아래 ○○○○

○○○ 또 오르면 ○ ○○○ ○ 없건마는

사람이 ○ ○○ 오르고 뫼만 ○○ 하더라

STEP4 시조 전체 외우기에 도전합니다.

태   하

오   못

사   뫼

녹초 청강상에

서익

녹초 청강상에 굴레 벗은 말이 되어
때때로 머리 들어 북향하여 우는 뜻은
석양이 재 넘어가매 임자 그려 우노라

현대어 풀이

푸른 풀이 우거진 맑은 강변에서 노니는 말(벼슬을 그만둔 사람)처럼 자유롭게
되었지만
가끔 북쪽을 바라보며(임금이 있는 곳) 눈물짓는 이유는
나이 들고 늙어갈수록 임금이 그립기 때문이다.

서익 (1542~1587)

조선의 문신. 의주 목사로 있을 때 율곡 이이가 탄핵을 받자, 이를 변호하는 상소를
올렸다가 파직되었다.

녹초 청강상에

굴레 벗은 말이 되어

때때로 머리 들어

북향하여 우는 뜻은

석양이 재 넘어가매

임자 그려 우노라

4단계로 암기하기

STEP1 리듬을 살리며 시조를 반복해 읽습니다.

녹초 청강상에 굴레 벗은 말이 되어

때때로 머리 들어 북향하여 우는 뜻은

석양이 재 넘어가매 임자 그려 우노라

STEP2 주어진 초성의 글자를 떠올리며 외웁니다.

ㄴㅊ 청강상에 ㄱㄹ ㅂㅇ 말이 되어

때때로 ㅁㄹ 들어 ㅂㅎ 하여 우는 뜻은

ㅅㅇ이 재 넘어가매 ㅇㅈ 그려 우노라

녹초 ○○○○ 굴레 벗은 ○○ 되어

○○○ 머리 들어 북향하여 ○○ 뜻은

석양이 재 ○○○○ 임자 그려 우노라

녹		굴	
때		북	
석		임	

공명을 즐겨 마라

김삼현

공명을 즐겨 마라 영욕이 반이로다
부귀를 탐치 마라 위기를 밟나니라
우리는 일신이 한가커니 두려운 일 없에라

현대어 풀이

벼슬길에 나서는 것을 좋아하지 마라. 영예와 치욕이 함께 있다.
재물과 지위를 욕심내지 마라. 위기를 맞게 된다.
우리는 부귀와 공명을 멀리하고 한가로우니 두려워할 일이 없다.

김삼현 (생몰 미상)

조선의 가객. 향락적이고 명랑한 시조를 지었으며, 그에 대한 자세한 기록은
없으나 시조 6수가 〈청구영언〉, 〈해동가요〉, 〈가곡원류〉 등에 실려 전한다.

공명을 즐겨 마라

영욕이 반이로다

부귀를 탐치 마라

위기를 밟나니라

우리는 일신이 한가커니

두려운 일 없에라

4단계로 암기하기

리듬을 살리며 시조를 반복해 읽습니다.

공명을 즐겨 마라 영욕이 반이로다

부귀를 탐치 마라 위기를 밟나니라

우리는 일신이 한가커니 두려운 일 없에라

주어진 초성의 글자를 떠올리며 외웁니다.

ㄱㅁ 을 즐겨 마라 ㅇㅇ 이 반이로다

ㅂㄱ 를 탐치 마라 ㅇㄱ 를 밟나니라

우리는 ㅇㅅ 이 한가커니 ㄷㄹㅇ 일 없에라

STEP3 음절 수를 힌트로 빈칸의 내용을 소리 내 말하며 외웁니다.

공명을 ◯◯ 마라 영욕이 ◯◯◯◯

부귀를 ◯◯ 마라 위기를 ◯◯◯◯

◯◯◯ 일신이 ◯◯◯◯ 두려운 일 없에라

STEP4 시조 전체 외우기에 도전합니다.

공   영

부   위

우   두

한산섬 달 밝은 밤에

이순신

한산섬 달 밝은 밤에 수루에 혼자 앉아

큰 칼 옆에 차고 깊은 시름 하는 차에

어디서 일성호가는 남의 애를 끊나니

현대어 풀이

한산섬에 달이 밝게 떠오른 밤에 성 위 누각에 혼자 앉아
큰 칼을 옆에 차고 깊은 시름에 잠겨 있는데
어디선가 들려오는 한 가락 피리 소리가 나의 창자를 끊는 듯하구나.

이순신 (1545~1598)

조선의 명장이자 구국 영웅. 시호는 충무공. 한국사에서 가장 위대한 인물이자
존경받는 영웅.

한산섬 달 밝은 밤에

수루에 혼자 앉아

큰 칼 옆에 차고

깊은 시름 하는 차에

어디서 일성호가는

남의 애를 끊나니

4단계로 암기하기

STEP1 리듬을 살리며 시조를 반복해 읽습니다.

한산섬 달 밝은 밤에 수루에 혼자 앉아

큰 칼 옆에 차고 깊은 시름 하는 차에

어디서 일성호가는 남의 애를 끊나니

STEP2 주어진 초성의 글자를 떠올리며 외웁니다.

ㅎㅅㅅ 달 밝은 밤에 ㅅㄹ 에 혼자 앉아

ㅋㅋ 옆에 차고 깊은 ㅅㄹ 하는 차에

어디서 ㅇㅅㅎㄱ 는 남의 애를 끊나니

한산섬 ○ ○○ 밤에 수루에 ○○ 앉아

큰 칼 ○○ 차고 ○○ 시름 하는 차에

○○○ 일성호가는 남의 ○○ 끊나니

한   수

큰   깊

어   남

가노라 삼각산아

김상헌

가노라 삼각산아, 다시 보자 한강수야

고국산천을 떠나고자 하랴마는

시절이 하 수상하니 올동말동 하여라

현대어 풀이

떠난다, 북한산아. 다시 보자, 한강 물아.

고국의 산과 강을 떠나고 싶겠냐마는

시절이 보통 때와 달리 매우 뒤숭숭하니 돌아올 수 있을지 모르겠다.

김상헌 (1570~1652)

조선의 문신이자 성리학자. 병자호란 때 예조판서로 끝까지 청에 맞서 싸우자는
척화파였다. 후에 청나라가 명을 공격하려고 파병을 요청하자 반대 상소를
올렸다가 청나라에 끌려가게 되었는데, 위 시조는 그때 지은 것이다.

가노라 삼각산아,
　　　다시 보자 한강수야

고국산천을
　　　떠나고자 하라마는

시절이 하 수상하니
　　　올동말동 하여라

4단계로 암기하기

STEP1 리듬을 살리며 시조를 반복해 읽습니다.

가노라 삼각산아, 다시 보자 한강수야

고국산천을 떠나고자 하랴마는

시절이 하 수성하니 올동말동 하여라

STEP2 주어진 초성의 글자를 떠올리며 외웁니다.

가노라 ㅅㄱㅅ 아, 다시 보자 ㅎㄱㅅ 야

ㄱㄱㅅㅊ 을 떠나고자 하랴마는

ㅅㅈ 이 하 수상하니 ㅇㄷㅁㄷ 하여라

○○○ 삼각산아, ○○ ○○ 한강수야

고국산천을 ○○○○ 하랴마는

시절이 ○ ○○하니 올동말동 하여라

가   다

고   떠

시   올

이화우 흩날릴 제

이매창

이화우 흩날릴 제 울며 잡고 이별한 님

추풍낙엽에 저도 나를 생각는가

천 리에 외로운 꿈만 오락가락 하노매라

현대어 풀이

배꽃이 비 내리듯 흩날리던 때 붙잡고 울면서 헤어진 임이여.

가을바람에 떨어지는 잎을 보면서 임도 나를 생각해 주실까?

너무 멀리 떨어져 있어 몸은 못 가고 꿈에서만 오갈 뿐이니 애가 타는구나.

이매창 (1573~1610)

조선의 기생이자 시인. 전북 부안의 기녀였다. 허균, 유희경과 같은 당대의 여러
문인과 교류하였다.

이화우 흩날릴 제

　　울며 잡고 이별한 님

추풍낙엽에 저도

　　　나를 생각는가

천 리에 외로운 꿈만

　　오락가락 하노매라

4단계로 암기하기

STEP1 리듬을 살리며 시조를 반복해 읽습니다.

이화우 흩날릴 제 울며 잡고 이별한 님

추풍낙엽에 저도 나를 생각는가

천 리에 외로운 꿈만 오락가락 하노매라

STEP2 주어진 초성의 글자를 떠올리며 외웁니다.

ㅇㅎㅇ 흩날릴 제 울며 잡고 ㅇㅂㅎ 님

ㅊㅍㄴㅇ 에 저도 나를 생각는가

ㅊㄹ 에 외로운 꿈만 ㅇㄹㄱㄹ 하노매라

이화우 ○○○ ○ 울며 ○○ 이별한 님

추풍낙엽에 ○○ ○○ 생각는가

천 리에 ○○○ ○○ 오락가락 하노매라

이　　　　　　　　울

추　　　　　　　　저

천　　　　　　　　오

자네 집에 술 익거든

김육

자네 집에 술 익거든 부디 나를 부르시소
초당에 꽃피거든 나도 자넬 청하옴세
백 년간 시름 없을 일을 의논코저 하노라

현대어 풀이

자네 집에 담근 술이 익으면 꼭 나를 불러주게.
내 집에 꽃이 피면 나도 자네를 초대하겠네.
백 년 동안 근심 없이 지낼 방법이나 같이 의논하세.

김육 (1580~1658)
조선의 명재상. 대동법을 추진하고 확대 시행하려 노력하였으며 백성의 삶에
치중한 실학자이다.

자네 집에 술 익거든

부디 나를 부르시소

초당에 꽃피거든

나도 자넬 청하옴세

백 년간 시름 없을 일을

의논코저 하노라

4단계로 암기하기

STEP1 리듬을 살리며 시조를 반복해 읽습니다.

자네 집에 술 익거든 부디 나를 부르시소

초당에 꽃피거든 나도 자넬 청하옴세

백 년간 시름 없을 일을 의논코저 하노라

STEP2 주어진 초성의 글자를 떠올리며 외웁니다.

ㅈㄴ ㅈ 에 술 익거든 ㅂㄷ 나를 부르시소

ㅊㄷ 에 꽃피거든 ㄴㄷ 자넬 청하옴세

ㅂㄴㄱ 시름 없을 ㅇㅇ 의논코저 하노라

자네 집에 ○ ○○○ 부디 ○○ 부르시소
초당에 ○○○○ 나도 ○○ 청하옴세
백 년간 ○○ ○○ 일을 ○○○○ 하노라

자　　　　　　　　　부
초　　　　　　　　　나
백　　　　　　　　　의

잔 들고 혼자 앉아

윤선도

잔 들고 혼자 앉아 먼 뫼를 바라보니

그리던 님이 오다 반가움이 이러하랴

말씀도 웃음도 아녀도 못내 좋아하노라

현대어 풀이

술잔을 들고 혼자 앉아서 먼 산을 바라보니
그리워하던 임이 온다고 한들 반가움이 이보다 더할 수 있겠는가.
산이 말도 없고 웃음을 짓지도 않지만, 마냥 좋기만 하구나.

윤선도 (1587~1671)

조선의 문신이자 시인. 치열한 당쟁으로 인해 생의 대부분을 유배지에서 보냈다.
송강 정철과 더불어 조선시대 시조 문학의 대가로 손꼽힌다.

잔 들고 혼자 앉아

먼 뫼를 바라보니

그리던 님이 오다

반가움이 이러하랴

말씀도 웃음도 아녀도

못내 좋아하노라

4단계로 암기하기

STEP1 리듬을 살리며 시조를 반복해 읽습니다.

잔 들고 혼자 앉아 먼 뫼를 바라보니

그리던 님이 오다 반가움이 이러하랴

말씀도 웃음도 아녀도 못내 좋아하노라

STEP2 주어진 초성의 글자를 떠올리며 외웁니다.

ㅈ ㄷ ㄱ 혼자 앉아 ㅁ ㅁ 를 바라보니

ㄱ ㄹ ㄷ 님이 오다 ㅂ ㄱ ㅇ 이 이러하랴

ㅁ ㅆ 도 웃음도 ㅇ ㄴ ㄷ 못내 좋아하노라

잔 들고 ◯◯ ◯◯ 먼 뫼를 바라보니

그리던 ◯◯ ◯◯ 반가움이 이러하랴

말씀도 ◯◯◯ 아녀도 ◯◯ 좋아하노라

잔		먼	
그		반	
말		못	

동창이 밝았느냐

남구만

동창이 밝았느냐 노고지리 우지진다

소 치는 아이는 상기 아니 일었느냐

재 넘어 사래 긴 밭을 언제 갈려 하나니

현대어 풀이

동쪽 하늘이 밝아 아침이 되지 않았느냐, 종달새가 울며 지저귄다.
소를 몰고 나갈 아이는 아직도 자고 있느냐?
고개 너머에 있는 이랑이 긴 밭을 언제 갈려고 하는 건지.

남구만 (1630~1711)
조선의 문신이자 정치가. 숙종 때 소론의 거두로 영의정까지 지냈다.

동창이 밝았느냐

노고지리 우지진다

소 치는 아이는

상기 아니 일었느냐

재 넘어 사래 긴 밭을

언제 갈려 하나니

4단계로 암기하기

STEP1 리듬을 살리며 시조를 반복해 읽습니다.

동창이 밝았느냐 노고지리 우지진다

소 치는 아이는 상기 아니 일었느냐

재 넘어 사래 긴 밭을 언제 갈려 하나니

STEP2 주어진 초성의 글자를 떠올리며 외웁니다.

ㄷㅊ 이 밝았느냐 ㄴㄱㅈㄹ 우지진다

소 치는 ㅇㅇㄴ 상기 ㅇㄴ 일었느냐

재 넘어 ㅅㄹ ㄱ ㅂ 을 언제 갈려 하나니

동창이 ○○○○ 노고지리 ○○○○

○ ○○ 아이는 ○○ 아니 일었느냐

○ ○○ 사래 긴 밭을 ○○ ○○ 하나니

동   노

소   상

재   언

국화야 너는 어이

이정보

국화야 너는 어이 삼월동풍 다 보내고
낙목한천에 네 홀로 피었느냐
아마도 오상고절은 너뿐인가 하노라

현대어 풀이

국화야, 너는 어찌하여 따뜻한 봄바람을 다 보내고
나뭇잎이 떨어지는 추운 계절에 너 혼자 피어 있느냐?
아마도 서릿발 심한 추위도 굴하지 않고 이겨 내는 높은 절개를 지닌 것은
너뿐인 것 같구나.

이정보 (1693~1766)

조선의 문신이자 학자. 성품이 엄정하고 강직해 바른말을 잘해 여러 번
파직되었다.

국화야 너는 어이

삼월동풍 다 보내고

낙목한천에

네 홀로 피었느냐

아마도 오상고절은

너뿐인가 하노라

4단계로 암기하기

국화야 너는 어이 삼월동풍 다 보내고

낙목한천에 네 홀로 피었느냐

아마도 오상고절은 너뿐인가 하노라

ㄱㅎ 야 너는 어이 ㅅㅇㄷㅍ 다 보내고

ㄴㅁㅎㅊ 에 네 홀로 피었느냐

아마도 ㅇㅅㄱㅈ 은 너뿐인가 하노라

국화야 ○○ ○○ 삼월동풍 다 ○○○

낙목한천에 ○ ○○ 피었느냐

○○○ 오상고절은 ○○○○ 하노라

국	삼
낙	네
아	너

꽃 피면 달 생각하고

이정보

꽃 피면 달 생각하고 달 밝으면 술 생각하고

꽃 피자 달 밝자 술 얻으면 벗 생각하네

언제면 꽃 아래 빗 데리고 완월장취하려뇨

현대어 풀이

꽃이 피면 달을 생각하고 달이 밝게 떠오르면 술을 생각하고
꽃이 피고 달이 밝고 술이 있으면 벗이 생각나네.
언제쯤 꽃 아래에서 벗과 함께 달구경하며 오랫동안 술에 취하려나.

이정보 (1693~1766)

조선의 문신이자 학자. 성품이 엄정하고 강직해 바른말을 잘해 여러 번
파직되었다.

꽃 피면 달 생각하고

　　달 밝으면 술 생각하고

꽃 피자 달 밝자

　　술 얻으면 벗 생각하네

언제면 꽃 아래 벗 데리고

　　완월장취하려뇨

4단계로 암기하기

STEP1 리듬을 살리며 시조를 반복해 읽습니다.

꽃 피면 달 생각하고 달 밝으면 술 생각하고

꽃 피자 달 밝자 술 얻으면 벗 생각하네

언제면 꽃 아래 벗 데리고 완월장취하려뇨

STEP2 주어진 초성의 글자를 떠올리며 외웁니다.

ㄲ 피면 ㄷ 생각하고 ㄷ 밝으면 ㅅ 생각하고

ㄲ 피자 ㄷ 밝자 ㅅ 얻으면 ㅂ 생각하네

언제면 ㄲ 아래 ㅂ 데리고 ㅇㅇㅈㅊ하려뇨

꽃 ○○ 달 ○○하고 달 ○○○ 술 ○○하고

꽃 ○○ 달 ○○ 술 ○○○ 벗 ○○하네

○○○ 꽃 ○○ 벗 ○○○ 완월장취하려뇨

꽃   달

꽃   술

언   완

147

디지털 디톡스를 위한 암기 두뇌 깨우기

일부러 외우는 옛시조

1판 1쇄 펴냄　　2024년 8월 20일

지은이　WG Contents Group

펴낸곳　㈜북핀
등록　　제2021-000086호(2021. 11. 9)
주소　　경기도 부천시 조마루로385번길 92
전화　　032-240-6110 / 팩스 02-6969-9737

ISBN　979-11-91443-28-8 13810
값　　　13,000원